活寶

烏龍院　精彩大長篇

11

漫畫　敖幼祥

人物介紹

烏龍大師兄

體力武功過人的大師兄,最喜歡美女,平常愚魯但緊急時刻特別靈光。

大頭胖師父

菩薩臉孔的大頭胖師父,笑口常開,足智多謀。

烏龍小師弟

鬼靈精怪的小師弟,遇事都能冷靜對應,很受女孩子喜愛。

長眉大師父

大師父面惡心善,不但武功蓋世內力深厚,而且還直覺奇準喔。

活寶「右」「左」

活寶「右」為長生不老之陰陽同株中的「陰」，活寶「左」為陰陽同株中的「陽」。「右」和「左」歷經劫難，現分別附身在小師弟和沙克·陽身上。

艾飛和艾寡婦

斷雲山樂桃堂老闆艾寡婦的丈夫尋找活寶而失蹤八年，女兒艾飛曾陰錯陽差被活寶「右」附身，活寶「右」轉換宿主為小師弟後，進入休眠狀態的艾飛則遭到沙克·陽綁架。

艾迪生和大雄

艾「寡婦」的丈夫艾迪生，祖先是守護浮屠塔的大秦五行將軍，世代身負守護聖物的重責大任，八年前一場大地震後的意外使得聖物被搶，讓艾迪生別無選擇，只能離鄉背井留守極樂島，伺機搶回聖物。
而艾迪生從小養大的山羊大雄，成了他與家鄉聯絡的唯一管道。

猴群

極樂島上因為受到「活寶之首」的影響，而具有原始人類智慧的猴群。懂得使用武器，對於烏龍院師徒們一行人尋找活寶之首的計畫百般阻撓。

沙克‧陽

煉丹師第三十三代傳人,長相俊俏、女人緣佳、身懷祕技,野心強大。一心想奪得活寶的原力,幾次不惜犧牲性命,甚至親自讓活寶左附身。身邊總是跟著左護法「無塵」和右護法「有儉」,葫蘆幫一行人也都是沙克‧陽的屬下。

季三伯

煉丹師沙克家族總堂——藥王府的藥物專家,精通各種藥物以及解毒方式,掌管藥王府地庫機密藥材。雖然年輕時遭逢意外導致下半身癱瘓,但是不減其精湛醫術。

貓 奴

曾為青林溫泉龐貴人的傳令,身手靈活武功高強,龐貴人慘遭殺害後,一心為主報仇的貓奴尋著線索找尋兇手,並回到故鄉「貓空」尋求祭師「貓姥姥」的支援。

貓姥姥

「貓空」的祭師,對活寶的身世之謎瞭若指掌,在貓奴小時候將她送去服侍龐貴人,對貓奴寵愛有佳。

第 80 話

貓奴復仇雙刃劍

醉貓酒窩之四隻迷你小貓人氣登場

乾杯

！

就是說嘛！

上個月買了週刊推銷的補腦藥，我吃了一堆還是考鴨蛋。

但是傳說中這活寶確有其物，而且還是一陰一陽！

得其雙株者天下無敵！

笑掉我大牙！憑你也想天下無敵？

每次喊酒拳都輸得灰頭土臉！

不服氣再來！

剪刀！

啊！偷跑！

賴皮！

喵

喵

喵嗚

喵

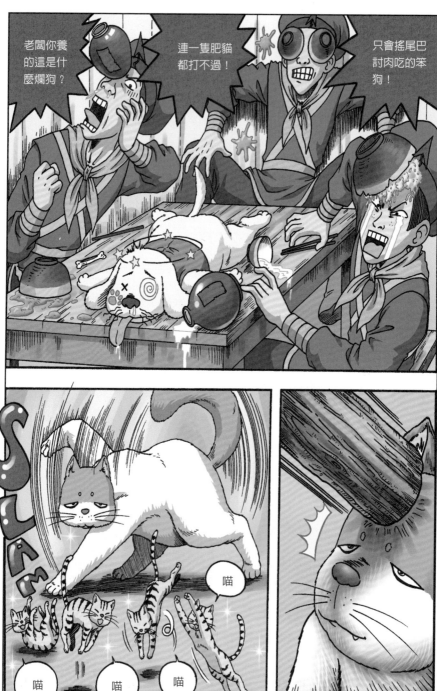

貓…被完全馴服了！這位女俠來頭不小……

哇噢！太夠勁啦！

我就是喜歡這樣的辣妹！

嗆到不行！

閃開！老娘對你們沒興趣！

還不快閃開？

這是什麼？要吹笛子給哥哥聽嗎？

你們三個大男人丟不丟臉？欺負一個小女生。

再差五公分就當太監啦！閃一邊補褲子去！

貓小妹妹剛才那一招「餓虎撲羊」的勁道不輸給男生哦！

喵

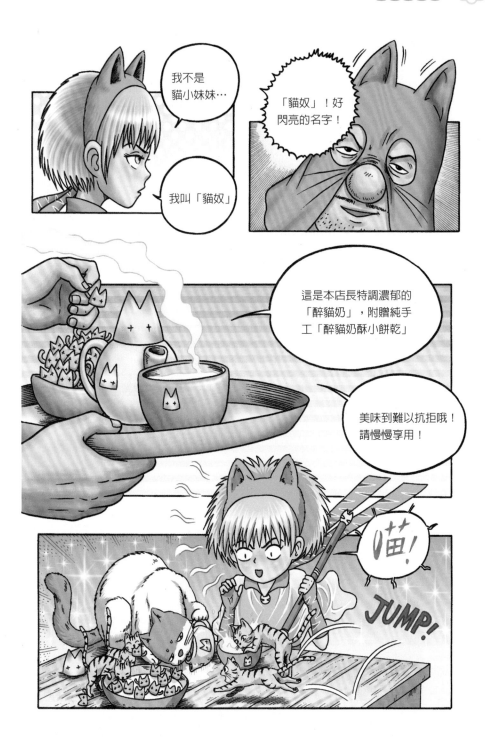

那天晚上月黑風高，這個怪物陰氣森森地跨進了店門……

這個怪物長髮覆面，臉色像宣紙一樣慘白，沒有半點血色！

他對在座的大爺們視若無睹，好像我們是空氣一樣！

本大爺看他不順眼就過去說了他兩句，誰知道那怪物竟然說本大爺是…

然後就刮起一陣邪風！他像鬼魅般飄到了座位上討酒喝。

孬種！

喂！你有必要學得這麼像嗎？

你們所說的這個「怪物」在什麼地方？

我們嚇得屁滾尿流，逃命都來不及了，沒敢再多看他一眼……

妳可不要問我！

汪汪汪汪汪！

我那天喝醉了，醒來時人都跑光啦！

笨狗！

沒有用的蠢東西！整天只會吃飽睡睡飽吃……

喂！不要隨便批評我的狗！

你自稱是大爺，結果溜得比誰都快！

大言不慚的「江湖好漢」只不過是一群逞凶鬥狠、弱肉強食的野狗罷了！

嗚～

我的肥肥和你們比起來要有水準多了！

所以說……

這裡根本沒有人知道他到底去了哪裡……

竟然躲過了我的擊殺!

求求你們要相信我!我真的不是上次那個我了!

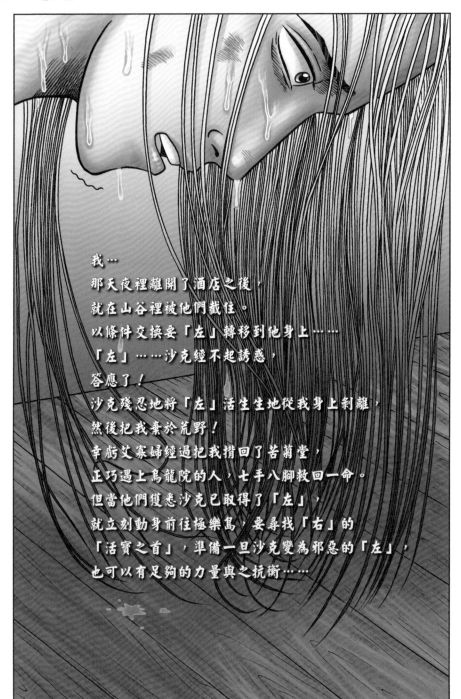

我…
那天夜裡離開了酒店之後，
就在山谷裡被他們截住。
以條件交換要「左」轉移到他身上……
「左」……沙克經不起誘惑，
答應了！
沙克殘忍地將「左」活生生地從我身上剝離，
然後把我棄於荒野！
幸虧艾寡婦經過把我揹回了苦菊堂，
正巧遇上烏龍院的人，七手八腳救回一命。
但當他們獲悉沙克已取得了「左」，
就立刻動身前往極樂島，要尋找「右」的
「活寶之首」，準備一旦沙克變為邪惡的「左」，
也可以有足夠的力量與之抗衡……

貓女俠饒命！我現在只是一個手無縛雞之力的書生啊……

算了！

仇人已經轉移！殺了他也沒用！

我們走！

去找沙克·陽

你人單勢孤，怎麼對付那些惡人？

艾…

艾飛

暗殺！

第 81 話

猛龍難敵猴子軍

行為進化到可怕階段的野猴群

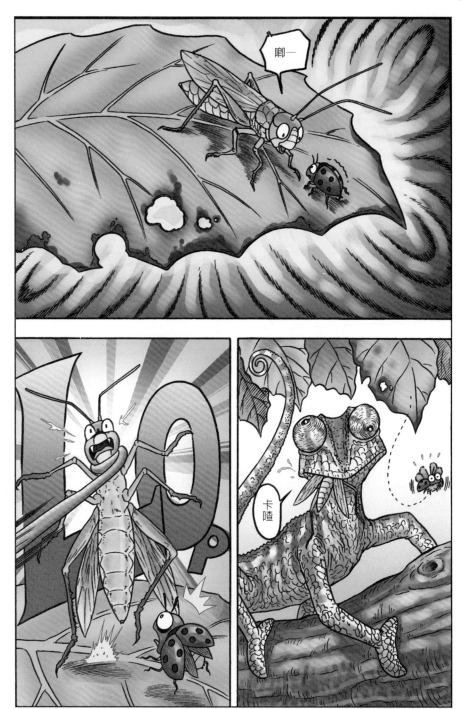

你說要找制高點，但我倒覺得是靈活的猴子在監視我們。

猴子就是猴子！

連猴子都搞不定，還有臉當人嗎？

別忘了「活寶之首」可能早就落入猴群之中了，所以……

那又怎樣？

所以你不能低估這群猴子的智商呀！

咩

吱

吱吱吱

哇！猴仔居然會比這種手勢？未免也進化得太快了吧！

的確比我更聰明！

什麼鬼玩意兒？

HOO

是什麼畜牲？竟然還學會使用計謀！

第 82 話

彈丸小島之肌肉猛男

活像泰山在祕林之中伸出援手的艾迪生

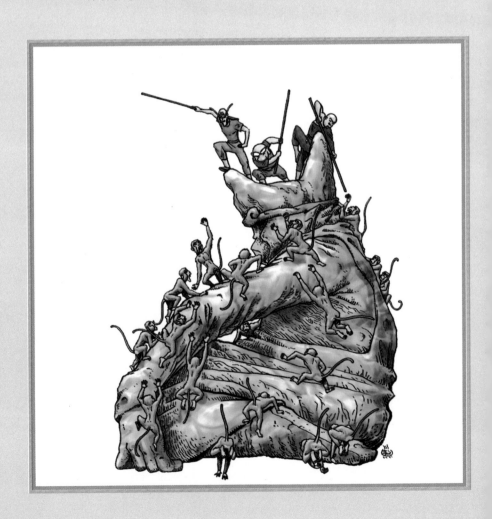

長眉被猴群
抓住啦！

咩！

天哪！這個場面簡
直就是西遊記裡的
五指山⋯⋯

拜託！
管他什麼山！

快把繩索
射斷救人
要緊！

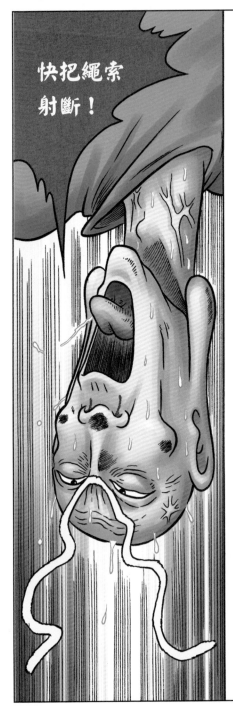

快把繩索射斷！

吱吱！

哎

大師父挺著點！
徒弟救您下來！

吱

哎

死猴子取
搖擺戰術

瞄不準
目標！

晃得我頭
發暈！

我來射！

快射！
腦充血頭脹
得快爆啦！

唔！
好難

完全無
法瞄準。

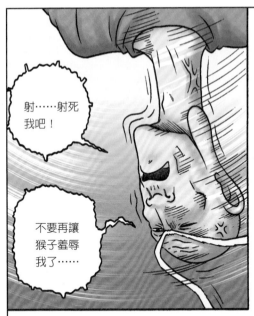

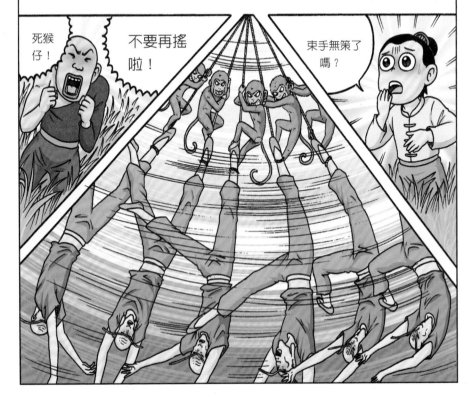

大雄！快帶他們離開！

大師父，我來扶您。

咩

奇怪？他認識大雄？

放開我！

誰需要你們扶？

我要討回面子！

出來！

想矇混溜走嗎？

吱

讓你也嘗嘗腦充血的滋味！

老頭別逞強！

大隊猴群來啦！

快撤！

吱吱吱吱吱吱吱吱吱吱吱吱吱吱吱

哇！超多的

恐怖啊

有上百隻哪！

密密麻麻像螞蟻一樣……

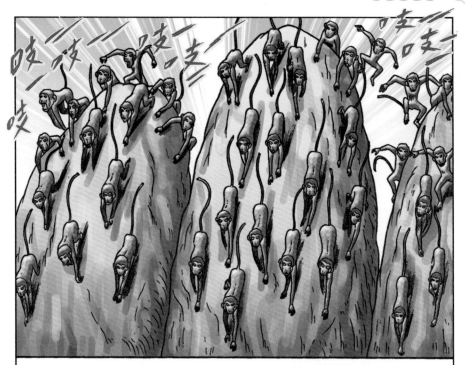

長眉快撤！

猴群數量太多啦！

你打不過的！

當心牠們把你當成香蕉剝了！

好！你們留下來擋著！

喂！

誰要留下來呀？

一次只能過一個人！

快點！不要猶豫！

大師父，我們要過去嗎？

長眉快下決定！

那個人說得對，猶豫是最大的敵人，

身為領導最怕的就是猶豫不決。

阿亮！我決定讓你先過去！

什麼爛決定！

老頭明明就是怕死！

管他三七二十一，愛拼才會贏！

小兄弟！
你衝過頭囉！

PATA

師父呀！
眼睛一閉就過來了！

真夠
猛！

還沒喘口
氣就過去
了！

比考數學
簡單太多
了呀！

怎麼能讓傻徒
弟看笑話呢？

就是
嘛！

是嘛！

咱們倆一起
過去吧！

行！

走唄！

危險！一次只能
通過一個人！

第 83 話

碎骨懸崖飛躍斷魂橋

被海底火山熊熊硫磺味逼走的野猴群

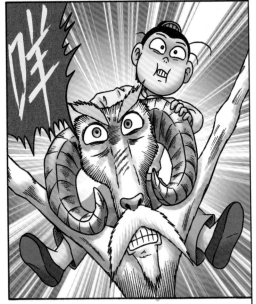

喂！

我們在這裡！

沒有橋我要怎麼過去呀？

這……

都怪你！

就是嘛！

大雄！揹著他跳過來！

瘋啦！

老公羊又沒有長翅膀！

跳過去？

別開玩笑了！

你不跳也會被猴群活活丟下懸崖！

跳過來至少還有一線機會！

做好套索準備救援！

猴群圍過去啦！

嗯

嗯

下面好可怕呀！

不要勒住羊的
脖子呀！

別勒

別勒

哇

哇

呃

呃

呃

我說的很
準吧！大
雄跳不過
5公尺！

笨蛋長眉！
你得意什麼？

快拋下繩索！

死老頭！
你不會閃開點嗎？

我套住
他們啦！

呃

呃

呃

呃

呃

你究竟是誰?為什麼和大雄這麼熟?

當然熟了!牠是我從小養大的。

大雄是你養的羊?

斷雲山的艾寡婦是你什麼人?

叫什麼寡婦呀?我還沒死哪!

我叫艾迪生!我是她親愛的老公!

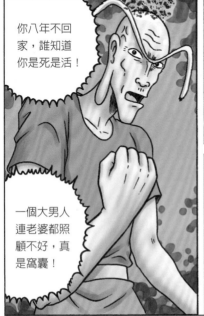

你八年不回家,誰知道你是死是活!

一個大男人連老婆都照顧不好,真是窩囊!

可憐的老婆……

她一定為我消瘦不少……

沒有瘦!她的腰最近才肥了三吋!

你怎麼這麼清楚?

你……你跟我老婆很熟?

沒有!只是目測而已。

這半條斷的咒帶是你綁在大雄身上的嗎？

原來你們是收到了我的求救信號。

這裡就要發生可怕的事情了！

我的祖先是大秦五行將軍，在這裡建造浮屠塔鎮守聖物，我們艾家歷代的男子都秉祖訓成為守塔人、護衛聖物。

有隻幼猴正從一個玉罈子取出一個用咒卷包裹的球狀物體，綻放著神奇的紫光！

那是我的頭……

什麼頭？

他說他的頭……很痛！

很痛！

這裡果然就是極樂島！

他口中所謂的「聖物」必定就是「活寶之首」。

既然發現就應該搶回來！

對呀！為什麼一搶就是八年？

嗚

野猴見我出現立刻倉惶逃遁，我數箭齊發！嗖！嗖！嗖！

有射中了嗎？

第三箭射中
那隻幼猴，也
正好射穿了他
手中的那個
球狀物體

那個奇怪球體
被幼猴的血噴到之後
竟然睜開了兩隻巨大
的雙眼，就好像是
一顆頭顱！

難怪我登島之後就覺得頭痛欲裂！

忍著點，先聽他說下去……

正當我上前要抓小猴的瞬間……

不可思議的事情發生了！

哇！

幼猴雙目泛出紅光，全身爆出一股氣流震碎了包裹的咒卷，我也被震得滾了好幾尺遠！

牠們不但開始懂得使用工具。

也學會了製造武器。

甚至有了簡易的果物栽種。

令人驚訝的是猴群有了溝通的手語!

吱

領導那群進化猴子的竟然就是那隻被我射穿胸部的幼猴!

啊!

大遷移？可是又為什麼選擇了浮屠塔呢？

對呀！塔不是已經震垮了嗎？猴子去廢墟幹啥？

災難？

嗯……

動物大遷移是為了尋找食物或者是躲避即將發生的自然災難！

島上有什麼災難嗎？

先帶你們去看一個地方，那裡是猴群遷移之前的棲息地。

等一等，艾先生！我想問你一件事！

難道你不關心女兒艾飛的狀況嗎？

艾飛！她怎麼了？

噓！你不能說呀！

別提！

現在不是時候！

對呀！以後再慢慢告訴他！

八年沒見艾飛了……

她會發生什麼事嗎？

唉……

她是不是學校考試分數不及格，惹她老媽生氣了？

什麼爛爸爸！你就只會關心考試成績嗎？

大師父您就是這樣對我的。

艾先生！
我坦白地告
訴你吧！

你的女兒艾飛
她已經……

她已經……

嗯？

她已經
……

咳

咳

她已經……

哼！

她已經愈來愈
懂事了。

天天吵著要
去找親愛的
爸爸。

天天都……
吵著要找……
爸爸……

爸爸對不起妳！

爸爸也是錐心的痛！

嗚……

可憐的艾飛……

爸爸是身不由己呀！

小艾飛！

爸爸每天也都好想妳哪！

悲慘！

鐵打的男人也難以承受親情的煎熬。

去安慰他吧！

艾先生，真抱歉，我不應該提起艾飛的。

沒關係，等我找到聖物，再回斷雲山幫她找補習老師！

還在計較考試成績？

大家跟著我走！

艾飛的事就這樣瞞著他嗎？

看他剛才傷心的樣子，你忍心說嗎？

但是，萬一他真的返回斷雲山，看到了昏迷的艾飛……

哎喲！

大師父說過：「能解決的事不用煩惱，不能解決的事煩也沒鳥用！」

CATCH

反正先找到活寶之首再說，或許還有機會救艾飛哪！

……

SLIP

水裡的溫度很高嗎？

會不會很燙？

水溫足夠把玉米煮熟了！

超燙呀！

山澗變成地熱泉！

這種跡象顯示著海底火山正醞釀著要爆發。

對！這就是極樂島面臨的毀滅性災難！

所以必須在火山爆發前奪回聖物！

你要如何突破猴窟取回那件「聖物」呢？

一、引蛇出洞

二、迂迴誘敵

三、雷霆掃穴

四、直搗黃龍

我們兵分二路，

我和大雄熟悉地形，負責誘開猴群的防衛主力。

你們四人抓住機會衝入塔中捉住小猴，奪回聖物！

好！

我同意你的戰術，但是攻塔行動只由我和阿亮負責。

另外兩個人跟你走，但是你必須保證他們的安全。

以免萬一任務失敗還可以保存最重要的東西！

你要保護好他，知道嗎？

一定會的。

我明白。

烏龍院的同志們,奮勇前進!

不畏艱難,完成任務!

好快!

阿!玉米已經熟囉!

啃 啃 啃 啃

啃 啃 啃

溫泉玉米,不錯呢!

右眉狂抖!不祥的預感!

第 84 話

閃爍復仇怒火的貓眼

落葉歸根飄返老巢尋求助力的貓奴

大姐！

我覺得妳賣給我的這盒化粧粉是不是假貨呀？

怎麼連個小青春痘都蓋不掉，真是超級爛耶！

不會吧！那是我從京城名店買回來的。

讓我看看妳的痘子。

這那裡是痘子呀？

波

是妳自己吃紅豆餅沾到臉上的渣子！

啡

嚴肅的無塵回來了！

妳快把胭脂收好，免得挨罵！

參見左護法。

這裡有股怪味道？

好像是水果腐爛的霉味！

×××

有嗎？我沒聞到啊！

少爺這幾天還是沒出門？

一步都沒跨出房間。

三餐也都不吃？

一粒米未進。

藥呢？

已經加到一天五次的劑量了。

還是一天三次嗎？

少爺這是在自掘墳墓！

少爺，

無塵有事稟告。

說吧！

烏龍院的人確實已進入極樂島尋找活寶之首，但迄今仍無蹤影。

右護法有儉留在沿岸監視，一有動靜會立刻通報。

嗯。

還有令堂大人再三催請少爺本週六務必返回總堂給老爺子作壽。

你轉告母親，
我會回去的。

咳、
咳、

咳、咳、咳、

少爺咳得厲害，
身體須多保重，
不能不吃飯呀！

咳、
咳、咳、

叫胡阿露拿藥
給我。

去吧！

是。

少爺吩咐要妳
送藥去。

噢！
好的。

馬妞，

妳跟我過來。

我嗎？

我要你送一包東西去給總堂的季三伯。

！

這攸關少爺的性命，你要守口如瓶。

會的！我最會保密了！

這不是開玩笑！洩密者斬！

遵命！

馬妞，你能換別種牌子的胭脂嗎？

這款聞起來實在像是爛水果的臭味！

哼

妳這幾年到龐貴人那裡吃香喝辣，還會記得我們嗎？

龐貴人已經被謀害身亡

無家可歸才又想到貓空了嗎？

現在回來幹什麼？要我們收留可憐的妳嗎？

貓奴姐姐

喵

小嬋想死妳了！

八斤！好久不見，又變胖了！

親一下！

親一下！

貓小嬋最愛亂親嘴，滿臉口水！

什麼都親！就是沒親過男生。

嘻嘻……只有河馬適合她的大嘴巴！

見到妳們這麼快樂，覺得好幸福。

她哭了。

我有重要的事，想見貓姥姥。

貓奴姐姐，

不要傷心嘛！有什麼我可以幫忙的嗎？

A~Li~Ba!

KALA

PAI

KALA

KALA

KALA

觀世的皎白之月，萬應的黑貓女神。

請為您的僕人指點迷津吧！

這是坤上離下的「明夷卦」！

〈明夷卦〉

坤上
離下

日進入了地下，是光明受到創傷的意象。

啊！這個卦是在啟示什麼嗎？

象徵著賢者自身柔弱，又被陰爻包圍，很難有所作為。

貓姥姥！

貓奴小寶貝！

妳可回來啦！

姥姥真偏心！只有她是小寶貝！

妳從小就在龐貴人身邊做侍童,懂得報恩,令我欣慰。

但是以妳的力量……

貓奴知道!
自己不是活寶的對手……
嗚……

只不過……
傳說中活寶有一種天然的剋星!

快說呀!
姥姥!

那是一種古老的蟲!

叫做「菌月」

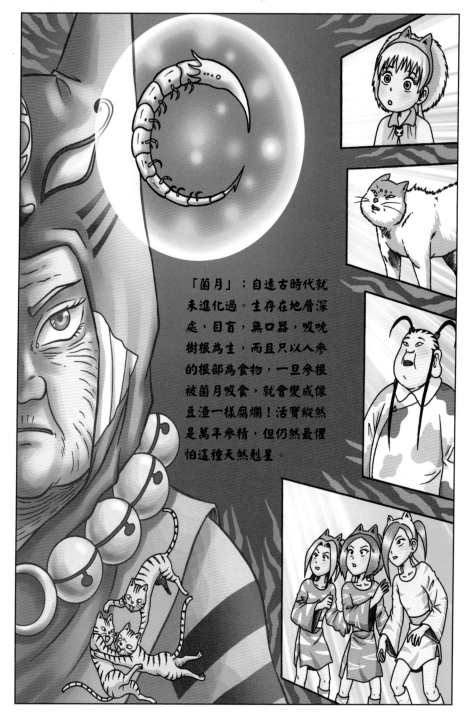

「菌月」：自遠古時代就未進化過。生存在地層深處，目盲，無口器，咬吮樹根為生，而且只以人參的根部為食物，一旦參根被菌月咬食，就會變成像豆渣一樣腐爛！活寶縱然是萬年參精，但仍然最懼怕這種天然剋星。

這個地方就在煉丹師沙克家族的地庫。

沙克家族歷代忠承祖訓，要奪回活寶復活秦王。

但是他們又怕活寶落入異人手中，所以養著這種蟲，萬一不得已的時候就玉石俱焚！

姥姥可知道活寶必須附身於人身上，才能在世間活動？

知道！

姥姥可知活寶現在附於什麼人身上嗎？

誰？

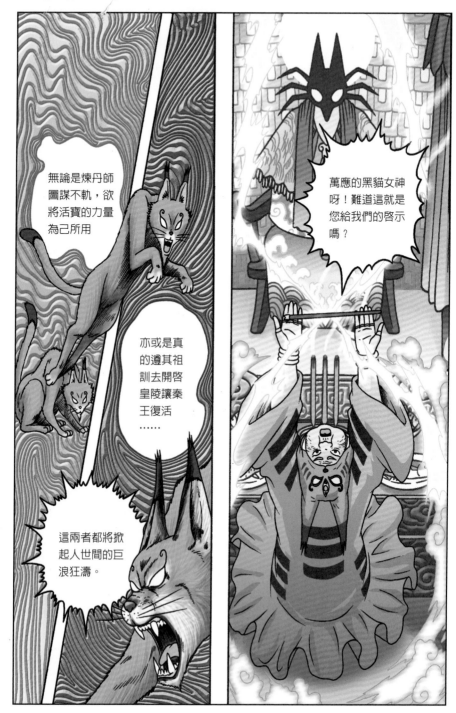

那接下來該怎麼辦呢？

是不是就站在這裡看妳表演？

……

再過幾天，就是老沙克的七十大壽了。

屆時，該來的都會來……

妳就靜觀其變，伺機而動吧！

這麼久沒回來貓空了，姥姥做鮮魚湯請妳吃。

耶！好棒！我也要吃！

妳們看！多偏心哪！只有貓奴回來才有！

第 85 話

幔幕裡彌漫著的陰沉

季三伯欲施脫身之計，反遭「左」的大反撲

報上妳的名字！

我找這裡的季三伯。

無塵護法有非常機密的東西要面呈！

好快的身手！

姑娘我是沙克少爺非常重要的祕書。

少爺找這種恐龍妹當祕書。

水準太低了……

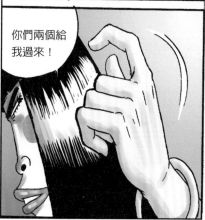

你們兩個給我過來！

批評我就是在侮辱少爺智慧的眼光！

難怪只能當看門狗！

PA PA

嗯！東坡先生的這首詞作得好出色呀！

出色！

真出色！

啊！這位姑娘……

妳是來推銷藥品的嗎？

不是！

我不是業務員！

還是要找女廁？走出院子左轉就是了。

我是馬妞，奉無塵護法之令，送一件東西給季三伯。

無塵護法還特別交待，

此乃祕件，洩祕者斬！

他只說：這件物品攸關沙克少爺的性命！

！

無塵護法還向妳說了些什麼？

嗅

我……我很好奇！這布裡頭包的是啥玩意兒？

沙克·陽的糞便。

你不但用鼻子聞，而且還用舌尖去舔！

醫學上，原本就能從患者排洩物的狀況去判斷其病癥。

喔！你也太犧牲了，哪一天馬妞生病也能請你……

沙克・陽最近是不是咳嗽咳得很厲害？

對呀！

咳得凶哪！快把肺咳出來了！

他，也不進食？

哇！你說的真準。

他都不吃飯，每天就只喝止咳散！

止咳散？

對呀！原本一天只服三次的！

這幾天增加到一天五次

都快成藥罐子了。

不對吧！為什麼我嚐出的病癥裡沒有止咳散的成分？

卻只有一種讓人漸漸上癮的毒品？

而且為什麼在他體內會有一種不屬於他的生命體？

馬妞瞞不住三伯了……

沙克少爺自作主張讓那個叫做「左」的活寶附身在他自己身上！自從附身之後整個人全變了。

季三伯！求求您要救沙克少爺呀！

我……我的建議？

是的。

那個全身長滿髮根的怪物令人噁心，把原來帥氣的沙克少爺搞得陰陽怪氣……

有件重要的事情託付給妳。

妳願意嗎？

人家跟你又不是很熟，

怎麼能隨隨便便說願意呢？

哇哇！三伯你的腿……

怎麼……

在一次意外事故裡摔傷脊椎，下半身癱瘓了。

妳回去之後把這個摻入「止咳散」，

除了妳不能給任何人知道。

沒問題。

三伯放心唄！

馬妞辦事一向很機靈

切記無塵護法說的那句話：洩密者斬！

是！馬妞知道！

啊！祕書大姐這麼快就辦完事啦！

你們兩個看門狗給我仔細聽好了！

今天是祕密任務，你們裝作沒看過我出現，懂嗎？

哈雷！

我們啥都沒看到。

嗶

Z

呼嚕

哎呀！
太貪睡了！

差一點誤了
少爺吃藥的
時間！

趕緊給他
送去。

否則他又
要發脾氣
……

少爺，阿露給您送藥來了。

叩叩

進來！

咳咳咳

咳咳咳

這是剛煎好的止咳散，少爺快服下它，會舒服些。

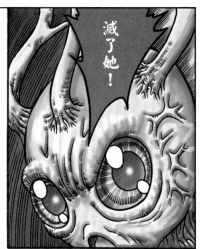

少爺千萬別冤枉我！

阿露真的不知道有什麼蟲呀！

滅了她！

她是我忠心的屬下

你憑什麼發落？

嗚哇──！

啊！我的左手……

在你自願讓我附身的那一刻起，你，就是活寶的奴隸啦！

馬妞……

大姐妳還好吧？

我冤枉的……

第 86 話

拉開引蛇出洞的攻勢

雙方人馬雙箭頭射向活潑猴盤據地

整個人被吸乾！

是誰下的毒手？

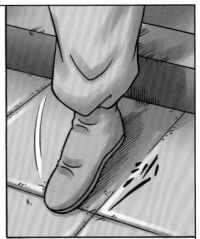

嗝。

好久沒吃這麼飽了！

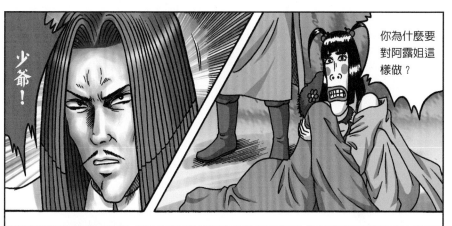

少爺！

你為什麼要對阿露姐這樣做？

做什麼？

怎麼啦？

哎呀！

真可憐！

不是我！

這怎麼能怪我呢？

這都得怪後面那個長滿鬍根的怪胎，

是他幹的！不相信你問他！

喂！我的手下問你幹什麼這麼做……

咦？

他睡著了！

等他醒來我再問吧！

沙克少爺……

你……

怎麼了？無塵護法不相信我的話嗎？

不敢

如果是「左」少爺你也信嗎？

！

無塵只相信眼前這位少爺所講的話。

聰明。

啊……

馬妞妳呢？

行了！行了！瞧妳緊張的德性！

從現在起由妳取代胡阿露堂主的位置，

妳要好好幹哪！

馬妞當然相信少爺！

胡阿露是被⋯⋯被那個東西害死的！

只不過千萬別學她送「那種」藥給我！

明白嗎？

是⋯⋯少爺⋯⋯

啊！好久好久沒曬太陽啦！

這樣的玩法很爽吧！沙克‧陽。

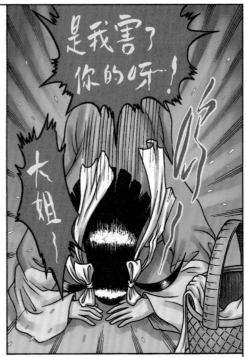

我買了阿露姐最喜歡的香水百合。

還有……

妳最愛吃的冰糖蹄膀。

嗯……真好吃。

看到蹄膀就想起大姐！嗚……

馬妞燒些紙錢給大姐。一路走好……

馬妞！

阿露姐！妳做冤鬼也不應該怪我呀！都是無塵叫我去找季三伯的呀！

哼！叫妳保密似乎很難吧！

喂！你想嚇死我嗎？

季三伯交給妳的東西帶回來後，為何不先告訴我？

你叫我要保密，他也叫我要保密。

所以我就乾脆保密到底誰都不說了。

萬一，被少爺察覺是你叫我去找季三伯的，

恐怕今天躺在墳堆裡的就不是胡阿露了。

少爺已經不是原來的少爺，而是被「左」控制的軀殼。

原本以為季三伯會有辦法壓制，沒想到錯估形勢……

再過幾天就要到總堂給老爺子做大壽，誰知那鬼東西會鬧出什麼大亂子！？

現在怎麼辦？

再觀察一下！

當心前面！

啊！
是肥猴

...

！

嗯～～

喳

喳！

哇！我挺不啦！

大師父！
大師父！

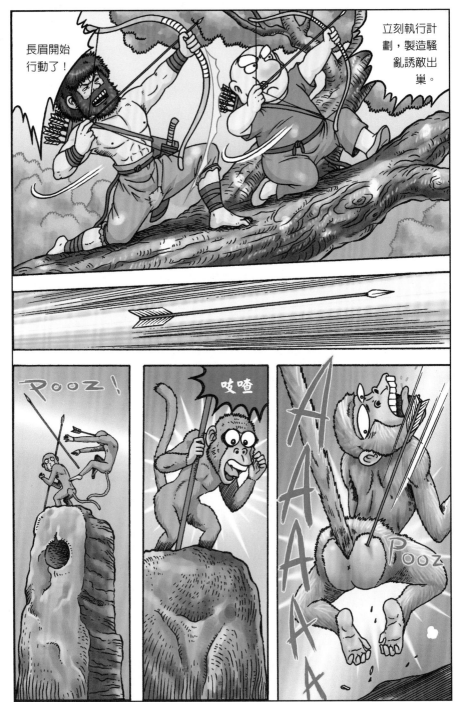

吱

吱

衝鋒的時候我奔前面，你要緊緊跟著我，

好刺激！

我可沒有你那麼專業！

自己都很驚慌！

從不同角度射向廣場！要造成牠們驚慌！

WOO

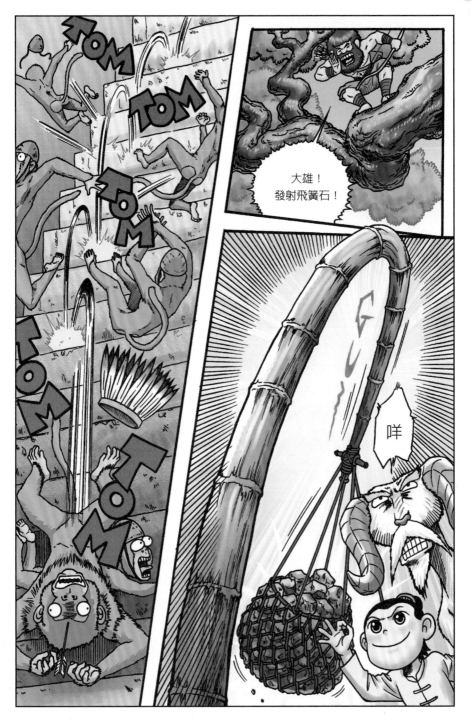

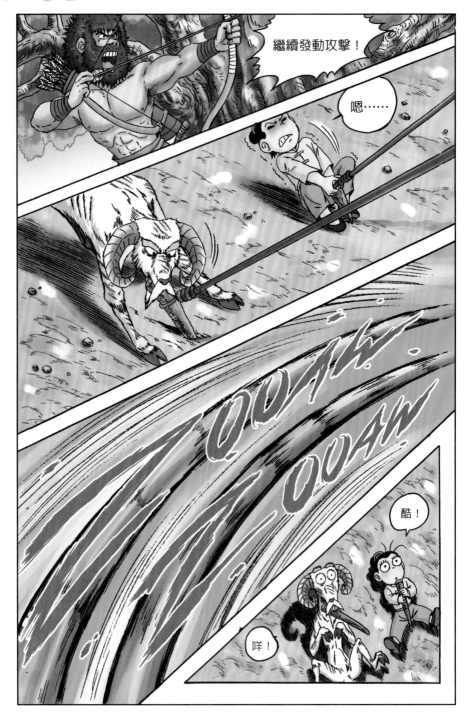

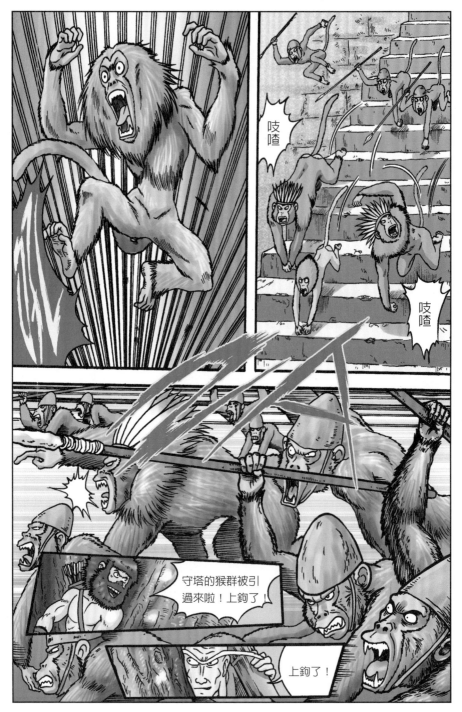

敖幼祥生活筆記之 「初」師表

最近為了要提升工作室裡部分助手的製作能力，辦了一個「短期特訓班」。針對專業上的各種技巧加強訓練。一周磨練下來，助手們也有了不少長進。

回憶起第一次當「老師」是在某個酒局當中隨口答應的結果，幾天後我被帶到一所大學的大教室裡，實實在在傻了眼，下面黑壓壓地坐著五十一位大學生，用一種看馬戲團魔術表演的眼神聚焦在自己身上。還沒開始說話就已經滿頭大汗了，想想自己從小是個掛車尾的續「劣」生，上講台不是挨板子就是被罵個臭頭，哪敢奢望有朝一日能夠站在那崇高的位子上講課哪！但是做什麼就得像什麼，而且大家這麼捧場，既然上了台總得要露兩手回報一下，所以生平的第一堂課我就使勁地畫拼命地講，但返身看看同學們，似乎都沒有進入狀況，前排留個捲髮的男生說話了：「老師您畫得太快，還沒來得及看就擦掉了！」（啊！還算快嗎？我平常畫得比這快三倍，不快行嗎？速度就是出路呀！烏龜仔：加油吧！）靠窗那排有個田雞妹也答了腔：「老師，您講課可以風趣一點嘛！就像您的漫畫一樣搞笑！」她旁邊一個肥妞也附和著：「對呀！好嚴肅喔！我以為上漫畫課可以看笑話！」（哇靠！同學們！你們以為是綜藝節目嗎？傳道、授業、解惑、是多麼莊嚴神聖的工作，豈能兒戲呀？難道要我畫狗學狗叫，畫蛙學蛙跳嗎？）就在這樣燒焦湯鍋的氣氛中，下課鈴聲響起，讓我緊繃的神經終於得到了緩解，這才發現整件襯衫背後全濕了！

之後兩年的教學經驗也令我有所啟發，做老師其實要比做學生來得辛苦，每年、每學期、每堂課，都得上同樣的課程，甚至說同一套話，如果做老師的不自我充實，把上課內容加以變化，那麼跟聽答錄機有什麼不一樣呢？所以後來，我也學會了教一段之後，點幾個同學上來畫幾筆，除了讓他們也能秀一下之外，更能產生互動，增加許多趣味，所以教學生就像彈琴一樣，弦太緊了不好，太鬆了也不好，拿捏得當，因材施教，才是做個好老師的態度喔！

瞧瞧我這說話的口氣，吃了幾年粉筆灰，就很「孔味」了！

敖幼祥

2008/12　於廣州

《活寶》劇情演變至此已經是一發不可收拾。

季三伯的菌月蟲粉不但沒有發生效用，反而犧牲了不知情的胡阿露；「左」的力量已經完全控制了沙客・陽，讓煉丹師變得令人望而生畏。藥王府即將迎接老爺子的七十大壽，這位名望甚高的煉丹師究竟是什麼樣的人物呢？當他知道自己的獨子因一時貪念而讓活寶附身，他會如何處置呢？

極樂島上展開了一場人猴大戰，八年不返家一心守護聖物的艾迪生能夠在烏龍院師徒的協助下奪回活寶之首嗎？另一方面，極樂島火山即將爆發，他們要如何才能從島上安全脫險呢？

集集精彩、篇篇緊張，尋寶大戰愈演愈烈，預知詳情，請見下回分曉！

精彩草稿

編號❶ 馬妞騎著「四不像」一路狂奔

　　馬妞和她騎的這匹驢不像驢、鹿不像鹿的「四不像」真是絕配一對。原本在第一次起稿的時候畫的是一匹瘦馬，畫完之後左看右看怎麼都不滿意，覺得像馬妞這樣的角色應該配個更有造型的坐騎，而且也得跟她那幅尊容相互呼應才行。有了這樣的想法，就立刻動筆畫出了這匹「四不像」。馬妞抓著鹿角在大街上呼嘯而過，嚇得路人退避三舍，至於這匹「四不像」，為什麼叫哈雷呢？偷偷地告訴你，是因為我自己超想買一輛美國重型900C.C.的哈雷機車！BLOOM!BLOOM!ZOOM!～趴在桌上靜如老龜的漫畫家，心靈深處卻澎湃著，渴望奔馳在原野上！

精彩草稿

編號❷ 烏龍師徒氣勢如虹

　　長眉掄起加長型大竹竿，阿亮背著龜盾左右開弓，口中吶喊著「衝鋒」，擺出豪邁的姿勢衝向浮屠塔！難得師徒二人同台攜手作戰，這一段和猴群打鬧的場面我畫得特別賣力。但是應該讓猴兵的贏面較大呢？還是要站在人類這邊讓他們痛宰潑猴呢？真是兩難，偏偏自己的生肖又是屬猴的，屬猴的還幫著人打猴，會被讀者批評不夠義氣，但是明明就是個人類為什麼要幫猴子撐腰呢？哎呀，好傷腦筋喔～

時報漫畫叢書 FT827

活寶11

作　者—敖幼祥
主　編—林怡君
編　輯—何曼瑄
美術設計—黃昶憲
執行企劃—鄭偉銘
董事長—趙政岷
總經理
總編輯—余宜芳
出版者—時報文化出版企業股份有限公司
10803 台北市和平西路三段二四〇號三F
發行專線—(〇二)二三〇六—六八四二
讀者服務專線—〇八〇〇—二三一—七〇五‧(〇二)二三〇四—七一〇三
讀者服務傳真—(〇二)二三〇四—六八五八
郵撥—一九三四四七二四 時報文化出版公司
信箱—台北郵政七九~九九信箱
時報悅讀網—www.readingtimes.com.tw
電子郵件信箱—comics@readingtimes.com.tw
時報出版臉書—http://www.facebook.com/readingtimes.fans
法律顧問—理律法律事務所陳長文律師、李念祖律師
印　刷—華展印刷有限公司
初版一刷—二〇〇八年十二月二十二日
初版三刷—二〇一六年十月六日
定　價—新台幣二八〇元

(缺頁或破損的書，請寄回更換)

ISBN 978-957-13-4953-4
Printed in Taiwan

為感謝大家對於烏龍院系列作品的支持，自《爆笑烏龍院1》及《活寶11》起，每冊均會附贈四張「烏龍院復古卡」或「活寶戰鬥卡」讓喜愛敖老師作品的讀者搭配收集。

自《活寶11》開始，每收集兩張不同截角，貼在明信片上或裝入信封，並註明姓名、年齡、電話、住址、電子信箱，寄到「10855台北市和平西路三段240號三樓，時報出版社活寶活動收」即可獲得特殊限量贈品！

YA！

贈品截角
影印無效

活寶 11